나의 델포이

천년의시 0133

나의 델포이

1판 1쇄 펴낸날 2022년 6월 27일
지은이 김효숙
펴낸이 이재무
기획위원 김춘식, 유성호, 이형권, 임지연, 홍용희
책임편집 박찬세
편집디자인 민성돈
펴낸곳 (주)천년의시작
등록번호 제301-2012-033호
등록일자 2006년 1월 10일
주소 (03132) 서울시 종로구 삼일대로32길 36 운현신화타워 502호
전화 02-723-8668
팩스 02-723-8630
블로그 blog.naver.com/poemsijak
이메일 poemsijak@hanmail.net

김효숙 ⓒ, 2022, printed in Seoul, Korea

ISBN 978-89-6021-637-2
         978-89-6021-105-6 04810(세트)

값 10,000원

나의 델포이

김효숙 시집

천년의시작

시인의 말

노각나무 꽃이 피면
곧 장마가 지고
농부는 하지감자를 캐서 갈무리하느라 손이 바쁘다

척박한 땅에 시를 심고 큰 수확을 기대하는 것,
부끄러운 일이다

어떤 목마름이 시를 배게 하고, 간절함으로 시를 낳을 때
그 산고를 덜어 주고자
산파 역할을 자청하신 분께 두 손 모아 감사 기도 올린다
모든 날 모든 시간에 평화
가득하시기를!

차 례

시인의 말

제4부

제1부

둥근 돌

돌이나 사람이나
오래 구르다 보면 모서리가 닳아 쥐기 편해진다

내 어릴 적 개울가에서 소꿉 살 때
쥐기 편한 돌로 풀을 찧다 깨진 돌에 다쳐 피 흘린 적 있다
물 싸대기 맞아 가며 개울을 굴러다니던 돌이었다
관골만 남은 돌이었다
얼른 쑥 뜯어 손을 싸맸지만
깨진 돌 속엔 모서리가 숨어 있었고
칼날처럼 삐죽했었다

구르고 굴러서 둥글어진 것들은
깎인 모서리를 제 속에다 쟁인다는 것을 그때 알았다

모 없는 사람이 한 번씩 폭발하면
속엣것을
화산처럼 뿜어내기도 한다

사랑이 끝난 뒤

구름이 뭉쳤다 흩어지는 것,
생의 방식을 닮았다
구름 아래
파장이 다른 매미 울음들이 뭉쳤다 소나기처럼 쏟아진다
와글와글, 울음을 뭉쳤다 흩는 것도 생의 한 방식인지
말매미 한 마리
나무에서 떨어져 배를 뒤집고 붕붕거리다 이내 조용해진다
찢어지게
극성스레 우는 게
사랑을 찾는 행위라더니
몸이 닳던, 사랑을 만난 후
그 끝이 소멸에 가닿는 줄 알기나 했을까

스트로브잣나무 줄지어 선 체육공원 벤치에
한쪽이 무너진 몸을 기대고 앉은
몇몇의 노인들,
매미 울음이 참 시원타 시원타 하면서도 눈은 멀리 구름
을 보고 있다

어떤 기억은 목화송이처럼 뭉쳐졌다 솜털처럼 흩어진다

나의 델포이

메타세쿼이아는 하늘바라기

키가 크다 하늘바라기 새잎이 나기도 전에 허리께가 잘려져 버렸다

폐허에 줄지어 선 신전 기둥 꼴이다

나무 따라 언덕을 오르니 작은 운동장이 나온다

인적 끊긴 지 오랜 듯 농구 골대 아래엔 풀들이 무성하고

간간 새소리만 들린다

힘든 시절이 끝나긴 할 건가?

나는 속엣말을 꺼내 땅바닥에다 끄적인다

나무 기둥에다 돌멩이로 '너 자신을 알라'고 써 본다

운동장은 신전이 될 수 없고

신전에 신이 살지 않는 건 익히 알고 있다

운동장을 한 바퀴 돌고는

벤치에 앉아

이제 기다려야 할 것은 오직 죽음이라고 되뇌어 본다

엊그제 들른 성당에서도

하느님은 몇 개월째 출타 중이셨다

몸이 가벼워져서

몸이 가벼워지고부터, 바닥을 살피며 걷게 되었다
바닥에 사는 것들을 의식하며 걷게 되었다

누가 꽃댕강나무 꽃 모가지 꺾는 걸 봐도
아무렇지도 않게 되었다

붉은 것들은
모두
제가 감당해야 할 몫이 있지

마음 언저리 맴돌던 생각을 내려놓은 후

젊어서 지는 동백을
안타까워하지 않게 되었다

쉽게 사라지는 노을을 탓하지 않게 되었다

노을의 집 너머, 그 너머를
마음에
두게 되었다

내 이름은 김효숙

둥글게 살라고 지어 준 이름으로도 모난 생을 만나는 이가 있고

소희라는 이름과 걸맞지 않게 덩치 큰 여자도 있다

효도하라고 지어 준 이름 (김효숙)

부모를 일찍 여읜 바람에 써먹지 못한 사람도 있다

작명가들도 믿을 게 못 된다

내 친구 이기자는 오늘도 남편에게 이기며 사는지

종옥은 아직도 옥같이 맑은 소리를 내는지 여직 안부를 모른다

팥알같이 작고 동그란 종소리 들리는

팥배나무처럼

왁살스러운 시어미 심술마냥 드센 며느리밑씻개처럼

몇 번만 지켜보면 이름이 지어지는 게 초목들이다

고개가 끄덕여지는 이름들이다

사람 이름도

다 살아 보고 지으면 확실할 터이지만

이름 없이 어떻게 불러야 하는지는 의문이다

아무개 씨 무명씨는 너무하고

그럴듯한 가명으로 부르다가

그 생애를 보고 죽은 뒤 묘비명에 올려 주는 건 헛소리일까?

두 개의 시간

병실 안의 시간은 링거 병에서 떨어지는 수액 같다 한 방울 두 방울 초침을 세듯 수액 방울을 세어야 시간이 말을 듣는다 몇 가닥의 젖줄로 젖을 먹여 환자를 키우는 의사는 그게 최선이라 생각하는 것 같고 (줄의 개수와 의료 수가의 관계를 계산하는 것 같고) 나는 무너진 뼈를 세우기 위해 시간을 통째로 저당 잡힌 줄 알면서도 젖줄에 매달려 있다

당겨도 뽑히지 않고 밀어내도 가지 않는 시간이
캄캄하게 둥지 트는 밤들이 있다

창밖 나무에 봄눈이 꽃처럼 달린 날
눈길을 걸어서 들어왔는데
어느새 벚꽃이 피었다 진다

병실 밖의 시간은 보폭 크게, 성큼성큼 옮겨 간다

겨우겨우 링거 젖을 떼고
유아처럼 걸음마부터 다시 시작해야 한다니,

휠체어를 타고 달려야만 바깥 시간을 따라잡을 수 있을까

>
창밖엔 벌써
봄이
푸른 날개가 돋아, 날아갈 준비를 한다

비타민 D

나무 데크 위에
뱀 한 마리 길게 누워 볕을 쬐고 있다
서로의 기척에 놀란 건 오히려 사람, 발을 못 떼고 얼어
있는데
해바라기를 방해받은 뱀
가다 말고
이 햇볕이 네 거냐는 듯
고개 돌려 혀를 날름거리며 나를 쳐다본다
낡은 그물망 같고
제주 화산석 같은 뼈 사진을 가리키며
햇볕이라곤 쬐어 본 적 없어 보이는 젊은 의사는
나더러 햇볕을 쬐라고, 햇볕이 내려 주는 비타민 D를 받아
골을 메우라고 권했었다
이를 어쩌나
비타민 D를 되로 퍼 준대도 싫고
나무끼리 어깨 겯고 만든 반그늘
빛이 그물망같이 어룽대는 반그늘이 나는 좋은데,
뱀이 허리를 몇 겹으로 꺾는 걸 보니
골다공증이 심해 허리가 절단 난 것 같고
비타민 D가 필요해 보인다

데크 위의 뱀은 나를 피해

배를 밀며 잘도 간다

(피를 데우러 나왔지 나는 비타민 D 그딴 거 모른다

너나 많이 먹어라 비타민 D)

욕하듯이 구불텅구불텅

날름날름

불에도 눈물이 있다

행여 울 장소가 필요할 땐
온갖 잡나무 젖은 풀을 그러모아 아궁이 불을 피워 볼 것
불은 제 몸 태우는 불쏘시개로 사람 울음을 쓰는지
길게 내민 혀와 입에다
가슴속을 열어 다 던져 넣으라고 졸라 대지
결국 눈은 게게 풀어지고
낯빛은 복숭아처럼 발그레해지고
복숭아 과육처럼 몸뚱어리도 말랑해져서
모든 걸 내려놓고 싶게 만들지
아픔을 재에다 묻으면 좀 시원해지지
그래도 미진할 땐
옛 여자들 삶 빌려
생솔가지 아궁이 불을 지펴 볼 것
애먼 강아지를 남편 대신 부지깽이로 때려 가며
시어머니 잔소리는 아궁이에 싹싹 쓸어 넣으며
치마를 뒤집어 콧물 훔치며, 연기 핑계나 대면 되던 때
그런 시절 그런 장소를 찾아

아파트에 대하여

주로 강가에 즐비하게 서 있다 네모의 형식은, 양계장이나 개 사육장보다 진화했다 큰 네모를 작은 네모로 쪼개고 장식을 곱게 해서 어느 날부터 사람을 사육한다 보이지 않는 사육사가 누군지는 모르나 늘 신경이 쓰인다 사람은 네모를 열고 나와 밥은 스스로 벌어먹는데 요즘 밥 벌기도 쉽지 않아 다들 운다 닫힌 네모에도 아이들 떠드는 소리 들리고 아침저녁으로 엘리베이터가 붐빈다 엘리베이터에서 가끔 마주치는 얼굴끼리 군더더기 없이 눈으로만 웃는 네모의 신풍속도, 화장실을 타고 오는 위층의 피아노 소리 뛰는 소리에 분쟁국들처럼 살벌해질 때가 있지만 대부분 조용하게 사육된다 네모 안에 갇히면 쓸쓸이란 병과 폐소공포증이란 병이 생긴다 사육사가 치료제를 처방하도록 하염없이 기다린다 닭장 안의 닭이나 개도 마이신 없으면 뼈가 아파 못 견디는데 사람 병은 등급이 높아 더욱 약이 필요하다 저녁이면 따뜻한 불이 켜지는 네모 불 꺼진 창이 늘어나는 주말 밤엔 먼바다 집어등처럼 불빛이 네모 위에 띄엄띄엄 떠 있다 네모 시인이라 자처하는 아무개는 강아지를 안고 서서 불빛을 보고 짖는다 주여 언제쯤 우리는 이 사육에서 풀려납니까 컹컹!

우기

빨래는 잘 마르지 않는다
젖은 마음 힘들어
울고 싶은 날들이 쉰내에 절어 간다

하늘도 쌓인 게 많은지
뇌성 번개로 내리꽂히다가
지금 뭉게구름 하나를 터트리는 중이다

메가톤급 울음이다,

뭉게구름 하나에
저수지 하나 분량의 눈물이 들어 있다고 한다

하늘이 어쩌다 반짝 틈을 보이면
쏟아지는
매미들의 떼창

우는 여자를 다그치는 남자는 없다

맺힌 게 많으면 울어서 해결하는 게 빠르다

＞

울음은 하품 같고
역병 같다

습지 위에 울음이 잡풀처럼 번져 간다

몸의 저작권

남해 미조 멸치 축제가 열리면
비옷 입은 장정들이
짠물과 비늘과 터진 멸치 창자를 뒤집어쓰며 그물을 턴다
멸치 털이는 극한 직업 중 하나,
극한의 생이라면
멸치도 뒤지지 않을 것이다
극한의 삶들이 만나 한바탕 씨름 뒤 지는 쪽은 언제나 멸치,
은비늘 반짝이며 날아오르는 몸들은
갈매기나 불러들일 뿐,
몸의 저작권咀嚼權은 인간이 쥐고 있어
쌈밥집 조림이나 구이로 회로 젓갈로 담기고
일부는 소금물에 삶겨 바싹 말라 주방까지 온다
애써 미라가 되어도
천 년 뒤의 발굴 같은 건 꿈도 못 꾼다
바닷물을 다 퍼내기 전엔 어림도 없다
이미 그물에 걸려 온 목숨 따위엔 아무도 관심이 없다
순교 성인도 아닌 고작 멸치가
얼마나 삶기고 찢기고 맷돌에 갈려야 될까
지금 다시 냄비는 끓고
하얗게 은비늘 반짝이는 멸치는 한 번 더 삶기는 중이다

멸치여!

솥에서 솥으로 건너는 동안

너 우려먹고 버려지는 걸 알기는 알았느냐고

멸치보다 더 말라 쭈그러진 얼굴이 화탕지옥을 휘저으며

혀를 찬다

제비꽃

새끼 고라니가 산길에
죽어 있었다
아무도 손대기 싫어
묻어 주지 않는 주검
어느 등산객이 솔가지를 꺾어 덮어 주었다
쉬파리가 프로펠러 소리를 내며 죽음 속을 부산하게 드나
들더니
곧 잠잠해지고
밤이면 달이 무심한 눈빛을 하고 지나다녔다
저 작고 형편없는 주검이 뭐가 두렵다고
사람들은 멀찌감치 에둘러 가고
막무가내 봄비가 쏟아졌다
어린 몸이 삭아 땅에 잦아드는 시간은
덮어 준 청솔가지가 삭아 삭정이가 되는 시간보다 짧았다
모르고 지나가면 편할 길
고라니 스며든 자리, 제비꽃 한 무더기 피었다
쫑긋한 귀를 보라색 귀로 바꿔 달고 여린 것이 여린 것이
되어 돌아온 것만 같다
버려진 것도 숨을 불어넣는
봄의 조홧속

그늘 이용료

연식이 오랜 승용차
무관심의 옷을 입혀 나무 그늘에 세워 두는데
이용료가 만만찮다
세 평짜리 그늘을 두고
나무 위에는 새가 그 아래에는 늙은이들이 모여 해질 때
까지 지저귄다
생선 장수 확성기가 울려야 그 소리는 묻힌다
귀와 등이 가려운 차는 흠집투성이다
비 온 다음 날 온몸이 얼룩 고양이 털빛이 된다
된서리 내리고
차창에 누런 낙엽이 덮이고 있다
새들의 무례를 사과한단 뜻인지
세차비에 보태라는 뜻인지
멀리 보니 오만 원짜리 지폐 같다 아니 지폐였음 좋겠다
타 보지 못해 부러웠던 신혼여행 꽃차 대신
낙엽을 날리며 달릴 수도 있겠다 싶어
굳이 쓸어 버리지 않고 그냥 둔다

모래 위에 그린 하트

모래톱에 찍힌 어지러운 발자국들
반쯤 지워진 이름들
그 사이에 그려진 하트들 파도가 몰려와 지우고 간다

회색 깃털의 괭이갈매기들 빨간 펜 같은 부리로 콕콕 사람
짓 따라 쓰고 또 쓰고 발바닥 낙관을 찍으면
다시 파도가 와서 지우고 간다

천만번 지우기를 거부하지 않는 끈질김이 파도에겐 있다

가슴은 넓고 입은 천 근같이 무거워야 되는
고해소의 사제처럼
그 많은 사연들 씻어다가
심해에 넣고 덮어 버리는 일에 지치지도 않는다

사랑이 깨진 사람이, 지는 해를 등에 업고 돌아와
제가 그린 하트 곁에 우두커니 서 있다

속도

해바라기 촘촘한 씨방 위에서

바람개비 돌리는 잠자리, 초록 나무에서 붉은 나무로

건너뛰는 바람

축지법에 도가 튼 한해살이풀

밥투정하는 아이 볼따구니 쥐어박고 문밖을 나서면 볼 때
마다 키가 자라 있는 옆집 아이

주름 방지 크림이 무색하게 민낯을 재단하는 주름살

사랑이라 불리는 모든 관계들

다 내 손아귀 밖이다

별의 귀환

사람은 죽어 북천의 별이 된다고 한 사람*을 떠올리는
산속의 밤
별빛은 얼음 같아서 온몸에 소름이 돋네

쏟아질 듯
저 별 무리들은
생의 끝장까지 다 펼쳐 본 사람이 북천에 마련한 집들

죽음은 죽음끼리 일가를 이루는지
이름조차 알 수 없는 별자리들 참 많기도 하네

나도 여기 자리 하나 만들어
살고 싶네
참좌라든지 지좌라든지 뭐 그런 별자리 하나 만들어 살면
눈동자가 순해져서 다툼도 없을 것 같네

태초부터 북천으로 돌아간 사람 너무 많아
별은 겹겹의 집을 짓고 겹겹의 층을 올리네
자리다툼이 심심찮을 것 같네
거기서도 밀려나면 창천의 먼지로 흩어지나 걱정했는데

>

하늘 끝까지 밀려난 사람들
오늘밤 유성우 되어 되돌아오네

* 유홍준 시인 시에서 운을 빌려.

제2부

북천

해 질 녘까지
당신은 오지 않고

흰 코스모스 곁 붉은 코스모스,

메밀꽃밭 뒤 검은 숲, 분홍 노을 속 회색 구름, 돌상 위 무
지개떡 같은 피사체들만 다가오네

돌상 위 무지개떡 같은
피사체들만 다가오네

노을 비낀 북천

기차만 타면
삼도천을 건너지 않고도 갈 수 있는
온통 꽃밭뿐인 세상이네

나 이제 후생쯤은 걱정 않으려네

유언도 없이

꽃밭에서 꿀이나 딸 시간에
닫힌 아파트 복도에 왜 숨어들었는지 모를 일이다
동박새 한 마리, 나가라고 어서 나가라고
창문을 열었으나
유리와 허공조차 구분 못 하고 머리를 창에 들이받는다
부리를 달싹이는데
이게 유언인지 알 수가 없다
늘 무언가를 움켜쥐려 애쓰던 발, 보란 듯이 위를 향해 뻗고
눈 몇 번 떴다 감더니 이내 숨을 거둔다
내가 잘못한 것은 아니다
삶과 죽음은 늘 이웃하고 살지만 찰나에 선을 긋는다
경계를 넘는 삶은 위험하다

잠긴 문을 열고 나간 동네 치매 노인이 그랬다
길 잃고 헤매다 마주 오던 차에 부딪친 노인은 유언 한 마
디 남기지 못했다

죽은 동박새는

동백나무 뿌리 곁에 묻혔다

흙밥

보여 주는 걸 업으로 삼는 테레비가
세렝게티 초원을 차려 내고 있다
풀이란 풀은 다 뜯어 먹어야 배가 차는 짐승부터
피가 벌건 입으로 살을 뜯는 사자 무리까지
세렝게티엔 먹는 밥과 먹히는 밥이 널려 있다
저 잘 차려져 푸짐한 밥상에다
나도 숟가락을 놓고 싶다
산 채 뜯어 먹으나 구워 먹으나
칼질로 우아하게 스테이크를 썰거나 그게 그거
풀보다 고기가 맛있는 건 사람도 마찬가지다
가젤이나 영양은 밥이 안 되려고 늘 놀란 눈으로 서 있지만
약육강식을 인정하고 먹혀 준다
사람은 다르다
남의 밥이 되긴 싫은 게 사람이다
남에게 먹힐까 봐 죽기 살기로 뛰어다닌다
차려 놓으니 *모든 것이 참 좋았다** 말씀대로
지구는 거대한 밥상 같을 거다
그 밥상 위에서 사람도 먹히는 날이 오고 있다
오늘도 흙의 밥이 되는 사람이 있다
흙의 밥이 되어 떠나는 사람이 있다

* 「창세기」.

39

세밑 풍경

1

산비탈 나무는 스크럼을 짜고
치닫는 칼바람을 막아 내고 있다
산속 온도를 바깥보다 조금 덥혀서 보호해야 할 목숨들,
한파가 닥쳐도 얼어 죽지 않은
눈이 새까만 청설모와
햇볕 쬐며 떠들고 짓까부는 되새 떼들 때문이다
사람들도 산속에 들면 껴입은 윗옷을 벗지 않고는 못 배긴다

2

머리띠를 두른 채
칼바람 맞으며 스크럼을 짠 사람들이 거리로 가득 쏟아진다
저들도 찬바람을 막아 보호할 그 무엇이 있을 것이다
민족이니 국가니 거창한 무엇도 아닌
밥그릇이거나
새끼들의 웃음소리거나
기미 끼어 처연한 마누라거나
온도를 높여 지켜 낼 절실함이 있을 것이다

>
3

빨간 냄비를 큰길가에 걸고
바람 찬 세밑에다 불을 지피는 사람들이 있다
냄비 가득 물이 끓고 김이 오르면
그 열기가 세상을 덥힐 것이란
믿음이 있는 사람들이다
딸랑거리는 종소리에 가끔 귀마개를 풀고 냄비 뚜껑을
열어 보는 사람이 있다

파뿌리는 쓸쓸하다

파뿌리 하나 공원 벤치에 앉아 있다
엉성하게 위로 뻗친 파뿌리
자귀나무 그늘에 앉아
자귀나무? 자기 나무 하고 되뇌어 본다
이미 먼바다로 떠내려간 자기는
해일이 일어도 돌아오지 않을 것이다
아무도 말 걸지 않고 아무도 눈길 주지 않는
벤치마다 섬이 되어 앉아 있다
파뿌리는 파뿌리들끼리도 쓸쓸하다
그 옛날 와이셔츠 깃에다 '좋아요' 도장을 찍어 주던
에레나들은 어디 가고 파뿌리는 쓸쓸하다
그 많던 썸 타던 여자들의 분 냄새들은 어디 가고
오늘 파뿌리는 참 쓸쓸하다
나무 그림자가 옮겨 가자
엉거주춤 일어나 파뿌리를 쓰다듬으며 공원을 나선다
걸음걸이가 콤파스처럼 기우뚱한 파뿌리

내동柰洞 산303번지

능금나무가 많은 골짜기였다
양지바른 산비탈에 능금꽃이 만개한 봄날이
꿀벌 등에 업혀 흘러 다니던 시절이 있었다
가수의 운명은 노랫말대로 흘러간다던가
아름다운 능금나무골 내동을
별 볼 일 없는 이름 나동柰洞으로 바꾼 건 일본인들이었다
능금나무를 뽑아낸 뒤
공원 묘원을 만든 건 이곳 사람들이다
'사철 꽃이 만개한 대지 팖'
광고는 신선했고 분양은 빨랐다
여행에서 볼일 마친 사람들이
반달형 맞춤집을 짓고 살기 시작했다
명절 아니면 나다니는 사람 드문
적멸 가득한 마을
가끔 검은 옷 입은 사람들이 떼를 지어 왔다 갔다

멀리서 보면
무덤으로 가득 찬 골짜기는
수천 개의 둥근 열매가 달린 옛 과수원처럼 보인다

안개마을 정착기

주황색 불빛 속으로 찾아온
겨울 안개
안개 바다 너머 닿을 곳이 어딘지 궁금하여
잠 덜 깬 눈에 가득 묻혀 왔더니

안개는 낮이 되어도 사라지지 않았다
누구는 미세 먼지라 우겼으나
안개꽃 다발을 받아 든 느낌이랄까
안개라는 말의 희미함과 안온함이 좋다

안개마을에 살게 된 뒤 모든 게 편안해졌다
이삿짐은 싸지 않고 몸만 옮겨 온 셈인데
옛 마을로는 이제 돌아갈 수 없다

복사꽃인지 살구꽃인지
바단지 하늘인지

속속들이 잘 보이고 보여 줘야 하고
보이는 만큼 다 갖고 싶어 안달하지 않아도 되는 세상
그 위를 천천히 걷는 게 좋다

>
안개 없는 마을이 그립다고
맑은 유리 옷을 새삼 껴입을 수는 없다

다리

젊어 한 다리를 잃고
작은 창으로 달과 바람만 들이던 그가
걸어 잠근 문을 지독한 냄새와 함께 열고 나왔다
유산으로 남긴 낡은 기타 하나
쥐며느리같이 몸을 말고 앉아 있는 구순 노모
세상이 그를 끊은 게 아니라
바깥을 향한 다리를 그가 끊었으므로
바깥쪽에선 아무도 건너오지 못했고
부의 봉투를 세는 번거로움도 없었다
국화꽃 한 송이 없는 영안실은
일체의 장식을 거부한 그의 생애 같았다
구순 노모가 살아 있어
그의 죽음은 고독사로 분류되지 않았다
세상에! 이런 상가는 생전 처음인거라
간혹 교회 신자들이 찾아와 기도로
쓸쓸함을 대신 울었다

먼지는 두고 간다

이사 가는 사람들은
동전 하나 흘리지 않고 싹 쓸어 가면서
돈 안 되는 것들은 두고 간다
미안한지 쓸어 낼 빗자루 하나 덤으로 놓고 간다

하찮은 것들도 뭉칠 줄 안다
뭉친 것들의 침입에 대비해 정신 줄 바짝 당기며 살지만
빨리 지쳐 줄을 푸는 게 사람이고
그것들과 싸우다 지친 사람은 아파트를 자주 바꾼다

티끌세상 하나를 통째로 버려야 할 때가 오는데
사람이 썩으면 먼지가 된다고 노래처럼 말하던 그는
손때 묻은 물건들을 다 두고 갔다

바람에 황사가 부옇게 몰리는 날
그가 왔나 하고
창밖을 오래 내다본다

화룡점정

땡볕인데
긴 줄이 쉽게 줄어들지 않는다
가끔 번호표를 들여다보며
게장이 바닥나면 어쩌나 조바심을 치다가
먹고 말겠다는 결기로 버티다가
게처럼 비딱하게 막힌 곳을 뚫고 내빼고 싶어진다
아 이러다 뒷목 잡고 쓰러지면 어쩌나
꽃 없는 동백 숲에 가는 건 접고
낭만포차도 외면하고
남도 여행의 화룡점정, 게장 정식으로 점 찍고 싶은데
고작 땡볕 아래 게거품 무는 것인가
여수 간장게장 맛있다
입소문 타고 몰린
문전성시 가운데 끼어드는 게 아니었다

바다 편에서도 그럴 것이다
게의 줄초상이라 해야 하나 씨가 마른다고 해야 하나
물결은 퍼렇게 울며 거품 무는데
국화꽃 화환도 없이, 문상객이 너무 많다

>

끓어오르는 오기로

돌아가면 간장게장 만드는 비법부터 배워야겠다

출구

한증막 흰 김에 가려 출구를 찾지 못해 헤매던 그가
신발을 돌려 신고 있다

콩꽃 깨끗이나 피게 두지 어깨 처진 느티나무 기나 살려 주지
염치없다 질기다 지청구를 바가지로 먹던
노염老炎에 지친 그가
발 헛딛는 건 한순간의 일

말복과 처서 사이에 매달려 안간힘 쓰다
찬비에 잠깐 손 놓친 사이
달력 한 장을 북 뜯어내자 갈 길이 보였다

숨어 있던 별 숫자만큼이나 많은 풀벌레들이
출구에서 현을 켜는 저녁
바람이 길을 내자 한 생이 다음 생에 바통을 넘긴다

흙 속의 흙

상수리나무 숲의
그 집

풀조차 나지 않는
대리석 높은 담장 곁에서 기가 죽을 대로 죽은
할머니 젖가슴보다 납작한
얼마 안 가 집인지도 모를 집 원추리 꽃이 둘레를 지키
는 집
청설모가 도토리를 주우러 내려오는
길목의 집

그리움도 기다림도 잊은 듯
가슴이 허한 날 찾아가면 편해지는

조용히 흙 속의 흙이 되기를 기다리는 집

오늘도 황토에 떼 입힌
새 집 한 채 짓고
까맣게 산을 내려가는 사람들

서귀포

바람이 드센 곳에선
길게 빼는 뒷말은 바람이 잘라 먹고
ㅂ도 ㅁ도 모서리가 닳아 ㅇ이 되네

팽나무는 닳아
퐁낭으로
후박나무 둥치는 누렇게 떠서 누룩낭이 되는 곳

검은 돌담 돌아 어머니 물질 갈 때
멀리서 부르면 바람이 잘라먹고
어멍만 뒤돌아보고

평생을 바람에 휘둘린 아방은 그 업으로
눈알이 퉁방울 같네

붉은 노을 걸린 전선주를 질러가는 새 떼들
검은 바람같이
아득하네

겨울바람

뭘 좀 내놔라

묻 것을 조를 뿐인데

가슴을 열어 보여 줘야 하나 어쩌나

아직도 뾰족하게 살아 가슴을 누르는 잡석들

바람이 살아 설치는

남원 바당에 던져 버려야 하나 어쩌나

공장 지대 흰 구름

목화는 아무도 안 심는 세상이다
합성섬유 공장에선 나일론 실이 뽑히고
(흰 연기는 흰 구름이 되고 검은 연기가 오르면 검은 구름
이 되고)
남은 부산물로 굴뚝을 통해 사철 흰 연기를 내보낸다

저기 저 구름 토끼 같지 않아?
아니 양 떼 같아!
쉬는 시간이 되면
여공들이 마당에 나와 하늘을 가리키며 떠든다
월급 타면 엄마에게 털 스웨터나 사 드려야겠어
구름 같은 남편 보기 싫어 구름엔 눈길도 안 주던 어머니
애야 따뜻하구나, 얼마나 좋아하실까?
예수 믿는 애들은 예수의 얼굴 같다 하고
절에 가는 애들은 부처가 현신했다 하고
제각각의 눈높이로 하늘을 보다가
시간이 되자 재빨리 안으로 들어간다

그새 하늘에선 다른 제품들이 쏟아진다
원재료가 무진장인 하늘 섬유 공장
제품들

은행나무 오지랖

응석사 뒤뜰 은행나무가 제 옷을 벗어 바닥에 깔고 있다

노란 카펫 같다
노란 카펫 깐 예식장 통로 같다

오지랖은 여미라고 있지만 여민 오지랖 한껏 펼쳐 깔고 싶은 날이다

미친, 시절 때문에 결혼식 미룬 애들 생각나고
산문 밖 일에 귀 닫고 염불과 독경만 아는 스님 빗자루질에 이골 난 스님께 야외 예식장으로 보시 좀 하시라 하고 싶고

하객 없을까 걱정 마라 고작 참새 쫓는데 생을 바친 허수아비 일거리 없어 설렁대는 마른 수숫대, 백수로 떠도는 새털구름 불러 하객으로 세우자

봉투 받지 않으니 미안하지 않고 입 무거워 돌림병 옮길 일도 없으니 여기 와서 식 올려라

지뢰밭을 피해 어렵게 도착한 곳에서
오랜만에 펼쳐 본 나의 오지랖

자귀나무 페르소나

밤만 되면 이파리를 포개고 누워
상상임신으로 입덧까지 한다 해도
나무일 수밖에 없는 너는

어린 새의 솜털이 온몸에 포실하게 돋아나 폴폴 날아올라도
새가 될 수 없는 너는

야합수 합환수 같은 동물성 명함을 내밀며
마당가에 심으면 금슬을 장담한다 해도

어차피 식물성 너는

혀 빠른 마누라 잔소리도 없애요 밤에 사용해 보시면 알아요
여설목女舌木이란 딱딱한 환약을 내미는 너는

어리숙한 사내더러
한나절 걸려 자귀나무 한 그루 마당가에 옮겨 심고 수건으로
아랫도리를 탁탁 힘주어 털게 하는

새빨간 페르소나 너는

제3부

낙엽이 비처럼 쏟아져

바람과 대빗자루가
종일 힘겨루길 하더니
하늘에서 낙엽이 비처럼 쏟아진다

주먹을 쥐었다 폈다 세우는, 중매인의 셈법도 아닌
허공을 쥐고 펴는

바람의 셈법

하늘에서 남자들이 비처럼 쏟아지면* 외로운 여자들이 비
에 흠뻑 젖을 텐데

검은 머릴 노랗게 물들인 늘씬한 남자들이 비처럼 내려오면
여자들 몸에 푸른 피가 돌고
새 움이 돋을 텐데

남자도 아닌 낙엽이라니
이제 뭘 더 기다려야 할까요

낙엽은 끝장입니까?

* 팝송 〈It's Raining Men〉에서.

네가 반갑지 않고

밥물이 끓어 넘쳐도 닦기 싫을 때
식탁 위에 약봉지가 쌓일 때 요의가 잦아질 때

소리 없이 온다 너는

바람의 빗질로, 비듬처럼 떨어지는 나뭇잎에 얹혀서
근심처럼 깊게 온다
옆구리 가려운 땅덩어리가 묵은 때를 떨어내느라 진도 6의
진저리를 칠 때
밥숟가락을 더 힘주어 쥐여 주는 게 너다

'젊은 별 하나 져서 하늘 별이 되다' 신문을 접으며
눈에 손수건을 갖다 대는 게 너다

그리운 이름에 두 줄 그어 지우며
쌓인 빚을 어쩌나 뉘우칠 때
다음 차례를 가늠해 보며 마른 수의를 입고서 온다

생각이 끝 간 데를 모르는데 밀어내도 다시 돌아오는 너는

철면피다

지문

동사무소 무인 등본 발급기는 오늘 나를 세 번이나 거절했다
가슴 없는 것들이
기계인 주제에
사람에게 지문을 요구했다

때 묻고 무늬 닳아진 가죽 소파 닦을 때마다
오래 썼는데 추해질 때도 됐지
관대하던 내가
얼굴에 묻은 수많은 거미줄 지우지 못해 안달하던 내가
지문 없는 손가락 받아 들고도 기쁘지 않다

온갖 잡것들과 살을 섞어야 사는 손이여
너의 드센 팔자를
무엇으로도 나는 구해 줄 길이 없으니
이후 멀리 낯선 곳엔 죽더라도 가지 말 것

기계라도 맞닥뜨리면
더듬더듬 집 찾아 돌아올 길 아득하니

겁도 없이, 나비

벚나무 가로수에 녹색 펜스를 치는 봄이다
나비 같은 건 아무도 기다리지 않는 봄이다

전에 없던 봄이다

때가 되었는데
나비 스스로 커튼을 올려 어둠을 걷어 낼 수가 없다
벽을 찢고 나갈 수가 없다

한 시절을 풍미하던 택시 이름 같은
헤이 택시!
하고 불러 세울 수 없고
올라타서도 안 되는,

사람들은 얼굴을 가리고 그늘로 숨어들었다

섣불리 고치를 찢고 나가
날개조차 말리지 못하고 땅에 떨어지면
무서워라
우화등선은커녕

시작도 못한 생은 여기서 끝이다

겁도 없이

이상한 이름의 택시를 불러 타고 한 꽃이 떠나고
찢어진 치마를 벗어 두고 오늘 또 한 꽃이 떠났다

가여워라 나비,

꽃무늬 커튼에다 나비매듭을 엮어 달고
위로해 보는 봄이다

나인건축사무소 지나 가좌성당

오월이 연두색으로 넘치는 건
나무들이 단체로 시작한 지붕 개량 때문이다

가좌천 변을 따라 걷는데
햇빛보다 강하게 달려드는 연둣빛
그 빛에 눈을 찔리면 눈물이 줄줄 샌다

눈물도 연두색일까?
길가에 누운 고양이 눈에도 연두가 비치는지 들여다본다
고양이는 귀찮은 듯 눈을 감아 버린다

오월은 사람을 많이 데려가는 달이라선지
맑은 날에도 슬픔이 떠다닌다

쌀이 남아도는데도
이밥을 퍼 나르는 나무가 있다
배가 불러도 이밥을 올려다보는 사람들 때문에
이팝은 걱정이 많은 나무다
이팝꽃이 오래 지지 않았으면 좋겠다

>

단체로 리모델링하면 싸게 해 줌이라는
나인건축사무소 간판을 치어다보며
낡은 싱크대와 벽지를 새로 했으면 하는 생각이 들고

줄장미 피기 시작한 성당에 들어가
나는 나를 리모델링하고 싶다

맨드라미

파마가 하고 싶어 방학을 기다렸다는
사춘기 아이의
곱슬머리를 만져 본 느낌이다
하필 길가에 심겨
독한 매연에 재채기를 하면서도
맨드라미 끙끙대며 씨방을 키울 때
아이는 아이대로
맨드라미 꽃대궁 닮은 뇌의 주름을 늘리느라
이젠 자주 못 가요
짧게 정 없는 문자나 보냈었다
닭 벼슬도 지렁이 마리나 먹어야 붉게 자라듯이
볏이 돋으려면
여름 땡볕보다 더 매정해져야겠지
동네 미장원에서 머리를 볶은 날
맨드라미 곁에 앉아 사진을 찍었었다
아이가 보고 싶으면 자주 맨드라미를 쓰다듬는다

전문가

매스컴 자주 타는 요리 전문가가

온갖 비싼 재료로 요리 만들면 나도 저만큼은 하겠다 싶
다가도,

요리 전문가는 아무나 되나

그깟 도마질 칼질로는 시청자를 끌 수 없겠지

후진 것에 붙는 '질'이 '가'를 어찌 이겨 단념한다

전문가가 딱히 부러운 선 아니지만 자존감 문제다

아무리 공들여도 이름 없는 모노드라마는

객석이 텅텅 비어 거기서 끝일 거고

나는 아직 일인극에 서툴고

곧 무대 뒤로 사라질지도 모르고

모든 것을 바쳤으나 모든 것이 되지 못했다

다 내 것인가 했는데 그도 아니다

전업주부로 잘 지내던 친구에게서

속상해 죽겠다는 전화를 한 시간도 넘게 받은 날

번개처럼 떠오른 생각 하나

늦게나마 가슴 통증 마사지사 자격증이나 따서

위로 전문가라도 되면

승산이 있겠다는 생각이 들었다

장미의 생에서 한철

꽃이 꽃답게 살기를 원한다면
옮겨심기가 잘 돼야 한다
그래야 꽃 빛깔과 한 생이 통째로 바뀔 수 있다
봄날 인부의 손으로 옮겨 심긴 곳은
공원도 아니고 가정집도 아닌 초등학교 운동장가였다
모래 가루 날리고 물 부족에 시달리는 환경이었지만
아이들 재재거리는 소리는 참을 만했다
어디로 튈지 모르는 아이들 놀이에 늘 신경 써야 하고
사정없이 축구공이 날아들면 목이 처참하게 꺾이거나
얼굴에 피멍이 들었다
자신을 지키는 길은 손톱을 기르는 일
손톱을 뾰족하게 세워 긴장을 놓지 않았다
공 차다 넘어져 무릎 까진 아이의 피가
장미 꽃잎 같을 때
손톱은 위험하다고 나무 울타리를 쳐서 갇히기도 했다
건드리지 않으면 찌르지 않고 입이 찢어지게
벙글거리는데도
선입견을 이겨 낼 방법을 몰랐다
때가 되자 아이들 떠나고 기쁨과 아픔도 따라 떠났다
매미 소리 요란한 빈 운동장

꽃 꺾어 들 고사리손 없어 적막으로 밥해 먹고
흰 구름 아래 남았다
저녁 운동하러 나와
어슬렁거리는 동네 아낙에게
그 두툼한 손으로 차라리 날 꺾어 가 주오
힘껏 소리쳤으나 무심하게 지나쳤다
꽃이 끝물이리 비루먹고 시들었네라며

금줄

부실한 싸리 울타리를 쳐 놓고
모란을 심었군요

장미를 심었더라면 눈이 돌게 훔쳐보기만 하지
쉽게 꺾어 들고 내빼진 못했을 겁니다

뒤늦게 안 주인 여자 죽일 년 살릴 년 해 보지만 꽃, 어디
여자만 꺾습니까

금줄을 치면 환장하게 꺾고 싶다지요
포도주색 입술로 취기를 부추겼을까요?

순간의 유혹 때문에 꺾지만 뒤늦은 후회로 길에 버렸을지
도 모릅니다

버려진 꽃이 잎을 말고 바람에 마르는 모습을 보는 건 쓰
디쓴 뒤끝입니다

생의 절정에서 손을 타고 말았으니

초라하게 남은 꽃대가 안쓰러워 가슴 무너집니다

마루 끝 햇살 아래 주인 여자 오래 앉아 있군요

망각이라는 처방전

얼룩 지울 궁리를 하는 사람이 있어
먼지처럼 닦아 내면 되는 게 아닌데도
거울을 엎었다 뒤집었다 하지
화장으로 잠깐 덮어 둘 수 있는 것도 아니고
검버섯처럼 레이저로 벗겨 내기도 힘든 것인데 말이지

돌을 매달아 수장시킨 죄의 흔적이
물이 뒤집어지면 수면을 깨고 떠오르듯이
덮어 둔 얼룩은 밤을 베고 누워 뒤척이면 더 선명해지지
별을 뿌려 놓은 듯 가득해지지

거울을 깨지 않고도 가능한 방법을 밤새 생각하지

얼룩이 생기는 족족 한곳에 몰아넣고
이불 빨듯이 밟는 거야
맨 아래 깔린 애들부터 차례차례 밟혀 사그라지기를

땟국처럼 뽑혀 물에 섞여 흘러가 진흙이 되기를
진흙에 뿌리 내린 물옥잠처럼
향긋한 것이 되기를

>

시간을 두고 기다리는 거지

시간은 주술사처럼 긴 휘파람 소리를 내며 마침내

망각이라는 처방전을 내밀지

좀 편해지는 거지

뇌 속 해마海馬는

그 길밖엔 길이 없어 얼룩 지우는 방법

짐

한번 짊어지면
살아서는 내려놓기 힘든 짐도 있다며
끙끙대던 피붙이여
짐 벗을 지름길이 어디 있는지 살피느라
사철 핏발 선 눈으로 시원하게 한번 울어 보지도 못한 이여
새끼들은 철부지들이고
짐 받아 줄 사람도 먼저 가고 없는데
벼가 누렇게 익을 무렵 야반도주하듯 떠나더니
보고 싶은 이와는 해후라도 하고
애첩처럼 끼고 살던 소주 가게는 있는지
어깨는 좀 가벼워졌는지 만나면 묻고 싶네
남겨진 식솔들이
짐짝처럼 이 손 저 손 거치며 죽어 나가거나
아니면 살아서 낑낑대거나
다 잊고 살겠지만

이승에는 잊지 못하는 사람도 있네

평행선

길이가 다른 두 벌 옷을 벗어 걸고 부피가 다른 꿈을 꿀 때
가위로 잘라 맞출 수 없듯이

개밥바라기는 보지 못하고
계명성이 가장 반짝이는 별이라 우기는 당신과는
잠의 길이를 맞출 수 없지

같은 밥과 찌개를 넘기고도 에너지가 입으로만 가는 사람
내 손발은 얼음장인데
너는 펄펄 끓는 사람

잘 맞는 맷돌짝도 어이없이 멈추는데 사람끼리 짝 맞추기는
대목장도 어림없는 일

짝 맞추기에 지친 사람들이
종착역까지 부딪치지 않고 가는 협궤열차를 타고 떠날 때

고슴도치끼리도 사랑은 한다면서
찌르고 찔리며
뼈가 삭도록 한자리에 오래 서 있지

기억은 더러 왜곡된다

어릴 적 살던 기억 속 옛집이 훗날 터무니없이 낮고 좁아
서 놀란 후
옛날 예뻤었다는 여자 말은 반만 믿는다

옛날은 조금씩 부풀려지다 첫사랑 얘기에서 정점을 이룬다
첫사랑 그거 다 그럴듯하다
오리 새끼처럼 첫눈에 각인된 거지

천 년 동안 이승에 살고 있는 '도깨비' 공유가 몽롱한 눈빛으
로 모든 생을 아우르는 첫사랑이 너였다 읊조리면 그거 괜찮은
그림 그는 최면술의 대가인 배우다 판타지에 약한 여자들의 기
억회로가 실타래처럼 엉키고 거기 설탕 시럽을 입힌다

가령, 얼굴은 가무잡잡하고 키도 작은 수염 기른 사내가
대문 초인종을 누르고 옛 아무개라고 한다 치자 맙소사 정
동남 아냐?
입이 얼어붙어 한동안 서 있겠지

당의정은 벗기면 쓰고
굽은 기억은 펴지는 날이 있다

천 개의 손

골목 어귀 그 집에
손이 넘쳐나는 사내가 살고 있어
단풍나무같이 피가 붉고
가슴이 심연처럼 깊어 뭐든 품어 주는 사내
왁자하게 떠드는 소리에 늘 올려다보게 되는 집
비 오는 날 우산을 빌려 온 적 있는 그 집에
더운 날 손바닥 양산을 씌워 주던 사내가 있어
어느 밤 그 집 앞 지나다 훔쳐보았지
나날이 배가 불러 와 만삭이 되어 가는 달의 둥그런 배를
손바닥으로 받치고 있는 사내를
천수관음이 따로 없어
그 사내에게 욕심이 생겼어
아픈 날 죽이라도 쑤어 줄 손이 필요해
무너진 허리뼈 대신할 손이 필요해
막막한 날 명치께로 흐르는 눈물 닦아 줄 손이 필요해
그런 넉넉한 사내 하나 들이고 싶어
내 집 마당에

소통

산 오를 때 울던 뻐꾸기 내려올 때까지 운다
드르륵 이 가는 소리와
짧은 비명 소리
소리로만 교신하는 마을 하나가 숲속에 숨어 있다

살다 보면 피 터지게 울 일이 왜 없겠나
이가 갈리는 일은 왜 없겠나

덜커덩거리며 기차가 굴을 통과하고
크고 작은 차들의 경적 소리 시끄러운 산 아래 동네에도
속삭임과 절규와 악다구니와
웃음소리
온갖 소리들로 굴러가는 세상이 있다

거기 사는 나와는 대화가 통하겠다 싶어 오랜만에
가슴을 열고 크게 새소리를 내자

소리의 파장이 다름을 재빨리 알아채고
금세 입 다무는 숲

동행

오래 걸었는데도
더 걸어야 할 길이 남았다
걸어야 산다고들 말하지만, 걷기 위해 산다는 생각이 든다

하루치의 길을 걷는데
가랑잎들이 돌돌거리며 뒤따라왔다
다리 아픈 사람을 앞지르지 않는 걸 보면 갈 곳 없는 잎 같다

구둣발을 피하고
전동 킥보드에 부딪쳐 가며 구를 뿐

돌부리에 걸리면서도 그냥 걸을 뿐

길은 걷고 걸어도 손금같이 난해한 거다
가랑잎을 주워 손바닥에 펴 본다

마른 잎 같은 사람을 가랑잎이 밀고 간다

어설픈 동행이다

번안 翻案

밥 얻으러 다니던 여자가 있었다
아침에 우는 새는 배가 고파 울고요…… 중얼거리며 다녔
다 풀국새처럼
울면서 다녔다
살짝 돈 여자였다
며느리 밥 안 주는 지독한 집이라 했다

배고픈 시절 사람들은
자기 배가 고프니 새도 배고파 운다고 했었겠다

배고파 우는 새는 이제 없다
입맛 까다로운 새는 과수원만 넘본다
블루베리 농장 그물을 뚫겠다고 시끄럽게 몰려다닌다

노래도 하고 악기도 다루는 요즘 새들
휘파람도 분다

오늘 아침 산책길에 만난 까치는
스피츠처럼 짖었다
배고파 기운 없는 새가 그리 시끄러울 수 없는데

개가 많은 동네라서

개똥

개 오줌 정말 싫다처럼 들렸다

몇 가지 소리밖에 없다는

새의 언어를

제가 듣고 싶은 대로 빈안해 듣는 게 사람

제4부

소일

물가 바위에 서서
못물에 비친 흰 그림자를 하염없이 내려다보고 선 새
빼어난 자태를 물거울에 비춰 보며
아련한 제 모습에 반해
물에 뛰어들까 말까 망설이는 자세로
안녕을 걱정하는 게
가을 한 철의 소일거리

연못에 얼음장 덮여
바위를 비워 두고 새가 떠나기 전에

떠난 새를 기다리다 지친 연못이
수련을 꺼내 들기 전에

연못가에 앉아
할 일이 없어도 할 일 있는 사람처럼

화투 花鬪

연꽃 보러 온 여자들이
연못 한 바퀴를 돌고 좋다 좋아 감탄하며
사진 몇 장 찍고
연꽃이 뭐 그리 오래 볼 게 있냐고 한다
평상에 앉아 다른 꽃이나 더 보러 가자고 한다

연꽃이 보는 앞에서
매조 목단 난초 부르고 국화 불러 끼고 앉아 어르고
주무르고 두들기기 한나절

꽃이 사람 마음 붙잡는 건 잠깐이다
여름 소나기 지나듯 잠깐이다

화대 주는 꽃놀이만큼 짜릿한 건 없나 보다

세상 밖을 모르는 연꽃이 그걸 알 리 없다
그저 희게 웃을 뿐이다

사람은 비가 아니고

밤새 똑같은 박자로
툭툭
창을 때리고

주룩주룩 끊임없이 울고

저 창문 저 아파트 벽 울음으로 젖고

봐라, 아무 일 없었지?
희멀건 표정의 아침이 오고 눈부신 해가 뜨고

아무 일 없다는 듯 시장 가고 밥하고
눈 감고 입 닫고
세월처럼 말아먹기 쉬운 게 어디 있다고

사람은 비가 아니고
비 또한 사람이 아니고

만월

마음먹는다는 것은

꺼내서 버린다는 것과 맥이 통하지만

물건 버리는 것만큼 쉽지 않은 게 사람 버리기다

옛, 버린 마음이 느린 걸음으로 떠오를 때

늑골 안 어디쯤이 자꾸 가려워

커지다 줄어들다 숨었다, 월객처럼 한 주기로 오가는 마음

배춧잎 퍼렇던 애증도 삭고 바래니 묵은짓빛이다

창호지를 통하는 결 고운 눈빛 어디다 두나

담아 둘 그릇마저 부서지고 없다

철없는 것들

또래 아이들과 참꽃 따러 산을 쏘다니다
옷을 찢고 왔을 때부터
철딱서니 없는 것이었고
동생들과 싸워도 나만 철딱서니 없는 것이었다
철없기로 치면
곁을 주다 떠나보낸 날들이 다 그랬다
언제나 한발 빠르거나 한발 늦고
아귀 맞게 이뤄지는 일은 별로 없었다
그게 아닌 건 계절 따라 갈아입는 옷 정도였다
죽을 때에 이르러야 사람은 철든다니까
천시天時를 기다리는 수밖에
소설인데, 눈은 올 기미도 없고
때 아니게 옷 벗고 나선 영산홍이 눈에 밟혀
철없는 것들이라 한 말 하고 지나치는데
그게 가당키나 한 말이냐고
쏘아보는 꽃눈

철없이 참 곱다

세 잎은 버리고 네 잎

세 잎은 따서 버리고
오직 네 잎, 긴 날을 토끼풀밭 헤매는데
등짝을 후려치는 두툼한 손

부질없다, 미친 것 그건 길가다 우연히 눈에 띄는 거다
토끼풀밭에 숨은 건 개미 새끼밖에 없더라

당신 손에 쥔 첫 행운이 너였는데
가득 쥐여 준 네 잎을
여태 야금야금 뜯어 먹고 살아온 줄 까맣게 잊었느냐

네 잎 클로버를 수없이 뜯어 먹은 토끼가
그게 뭔지 모르고 살듯이

토끼풀 흰 꽃 향이 이리 짙은 것도 오늘 안 사실
세 잎을 곁들여
한 묶음 식탁에 꽂아 보았다

문패

　지하도나 역사라면 모를까 여긴 노숙자가 머물 만한 곳은
아니다
　비닐로 엉성하게 둘러친 담 안에 라면 박스 두어 개 때 묻
은 이불 한 채
　얇은 햇볕이 측은한지 문패 없는 집을 데우며 머물다 가는데
　비닐을 찢고 세간을 짓뭉개고 가는 발도 있다
　다음 날 청 테이프로 수선한 비닐 집이 보란 듯이 다시 서
있다

　얼굴 감춘 사람끼리
　철거반처럼 부수고
　시위하듯 다시 세우고

　'야옹이 집'이라 문패 달린 고양이 집은 참아 주던데
　고양이 밥은 잘만 주던데

　사람이 사람에게 더 가혹하다
　노숙인의 동사를 염려한 착한 손인지는 알 수 없지만
　연일 기온이 영하다

달세방

전봇대에 펄럭이는 '달세방 이슴' 쪽지
노란 종량제 봉투들
까치 몇 마리 내려앉아 쪼고 있다
참새 떼들이 우우 몰려다니다 피라칸사스 열매에 매달린다
감나무는 까치밥 대신 말간 허공을 매달고 있다
소한이 낼모렌데
농사도 못 짓고 그물질도 못 하는 새들은
식품 저장 창고는커녕
겨울 따뜻하게 날 달세방 같은 게 있을 리 없다
겨울이 새들보다 안전한 사람도
시신詩神 들려 머리 거죽이 접히는 날이다
흰 종이라도 뜯어 먹을까 펜이라도 욱여넣을까
무릎도가니가 삭는 줄도 모른다
오늘은 새가 눈에 들어와 생각을 보태는 날이다
새도 사람도
빈 수레에 굶주린 뇌와 창자를 싣고
언 길을 덜컹대며 가는 날이다

그래도, 봄은 간다

봄을 붙잡으러
한나절 산비탈을 헤매다
지쳐 돌아온 어머니
솔순 한 광주리 씻어 놓고
연보라색 등꽃 그늘에 쉬고 계신다
얼룩 점박이 산호랑나비 한 마리 따라와
얼굴에 앉아 부채질 중이다
한 무리 분홍 치마가 산등성을 넘어간 후
팔뚝이 시퍼런 뭇 사내들이
뒤따라 산을 오르는 중이다
도둑같이 날래구나
간다더니 가고 마는구나
남은 날은
그냥 못 보내지, 더는
애써 잡아 온 봄을 어머니
항아리 속에
오라지어 가두신다

여름 숲에서

이상하지, 저 습하고 평화로운 숲이
살아 움직인다는 느낌 양수 가득한 자궁 같다는 느낌
거대한 자궁 속에서
배란과 포란과 탁란이 이루어지고
거웃 무성한 숲의 아랫도리로
쉼 없이 새끼들이 태어나는지
간간 어린것들 보채는 소리 멀리 들린다
여름 비 잦을 때
젊은 그 사람 젖먹이를 두고 산으로 가 숲이 되었고
날마다 퉁퉁 분 젖을
숲속 어린것들에게 물렸는지
오목눈이 둥지를 차지한 뻐꾸기 새끼나
은신처를 찾아드는 뱀도 통통하게 젖살이 올랐다
바람이 파도를 일으키면 숲은 심해처럼 깊고 서늘해
보이지 않아도 비밀스러운 숨소리
새파란 그이 눈매에 힘이 실린다
나는 다람쥐처럼 안심하고 걸어가 본다
상수리나무 숲 어디쯤 마중 나와 섰을 오래전 그이의
품으로

이명

'풀벌레는 풀밭으로 사람은 등불 아래로'
결계를 치고 창을 닫아걸있으나
들여보내 달라고
들어 달라고
유리창을 긁으며 운다
아직 들을 귀가 열리지 않은 사람과
우는 입밖에 없는 귀뚜리가 무릎을 맞대고
할 수 있는 건 아무것도 없다
울음을 달래려고 귀를 막고 앉았을 뿐이다
풀밭은 사랑이 쉬운 곳이니
돌아가라고
달빛을 따라가라고
손바닥으로 창을 두드려 댔으나
달빛을 찢으며
새벽까지 운다

아이들이 많은 동네

아이 안 낳는다고 걱정 마시라
이 아파트는 아이가 너무 많아서 걱정이다
오후 늦게 광장을 지날라치면
사방에서 축구공이
씽씽카와 자전거들이
총알처럼 튀어나온다
휠체어와 지팡이 사이를 잘도 미끄러진다
제동 못 해 부딪칠 걱정 없다
어지럽다
어지럽지만 참을 만하다
소리가 온 동네를 들어 올린다
함성과 야구공이 날아가
유리창 몇 개 깨지고
새들이 놀라 똥을 싸지르고 떠난다 해도,
아이 숫자보다 많은 벚꽃이 가지에 올라앉아
입이 째지게 웃는 동네
앞이 환한 그림이다

떼

　김해 김씨 집성촌인 내 고향에선 몇 안 되는 타성바지들이 세에서 밀리다 보니 김을 '보리 서 말과 바꾼 성씨'라거니 '김 멸치 떼'라고 돌아서서 비아냥거렸다 떼가 많으면 두려움을 주는지 하찮음을 느끼는지, 김의 떼는 많지만 출세한 김은 드물다는 의미로 그리 불렀다

　떼가 많아 유리한 건 멸치다

　포식자의 추적에 일부를 주고도 떼는 유지되고 그물이 터질 듯 잡혀가도 남은 것들은 끄떡없이 뭉쳐 다닌다 떼와 맛 하나로 승부를 건다

　온 부두를 점령하고
　부두 여자들의 고무 다라를 점령하는
　멸어 전술

　마른장마 지는 날 지족에 가 보라
　멸치의 이름을 내건 식당 문을 밀고 들어가면
　지독한 비린내가 떼로 몰려나와
　손님을 맞아들인다

백로

아침 창에 걸린 풍경 속으로
그가 여유롭게 날 때

외다리로 우아하게 서서 밥을 벌며 이젤 속으로 들 때

그의 화가 기질을 진즉 눈치챘지만
잘생긴 소나무마다 벽화를 그리는데
똥을 발효시켜 황칠黃漆 물감으로 쓰는 솜씨는 솔거도 울
고 갈 만했다

이름값 하느라, 제 몸엔 절대 물감을 묻히지 않는 정갈함
이 있다는 것
밥벌이도 연애도 집 단장도
미적 안목이 높다는 것

새에 대해 단순한 소묘만 해 오던 내 머릿속 그림틀이 흔
들렸다

짝짓기 철이 되면
온갖 짐승들이 번식 때 별난 짓거리를 하듯

그림 그려 신방 꾸미는 백로들 시끄럽기가 여자들 수백 명
모여 접시 깨는 소리 같았다

그 곁 대밭이 출렁거렸다

수취인 없는 택배

방하착放下着
뛰어내리면 바로 그 자린데, 매달려서
꿈마다 가위눌리면서

사람마다
벽장 속 오래된 상자 하나쯤 품고 있을 것이다

귀신이 득실거리는 상자, 열면 물릴 것 같은 상자

그런 골칫덩어리를
우체국 빨간 택배에 실어 보내야 하나 어쩌나 고민하기 시
작하면
죽을병이거나 혹은
죽기 전이거나

수취인 불명으로
우주 미아가 되어 떠돈다 해도 그 택배
반송처가 있을 리 없다

호박과실파리

때깔 고운 호박 속에도 구더기가 있다
꽃 진 애호박에
산란관을 찔러 넣은 호박과실파리의 짓이란다
거기 알을 낳으면
새끼들이 굶어 죽지 않고 살아남으리라는 걸
두뇌도 없는 것들이 본능적으로 안다
로보킬에도 빅스올킬에도 안전하고
사생아같이 숨겨 기를 수 있다

세상 모든 어미는
새끼를 위해 뭐든 한다

어미의 기도대로
가차 없이
쓰레기통에 처박히는

······늙은 호박!

방생

음식 쓰레기 잘 비우는 내가
방역 몇 번 건너뛴 죄밖에 없는 내가
벌레의 노림수에는 당할 재간이 없다
순순히 잡혀 주기만 하면 변기에라도 방생하여
넘쳐나는 풍요 속으로 보내 주고픈 심정인데
밤마다 게릴라처럼 치고 빠진다
어둠에다 집을 짓고
끈질기게 번식해 온 놈의 생명력은 놀랍지만
걸레나 신발짝이나
급하면 고무장갑 낀 손으로라도 때려잡을 수밖에 없다
가당찮은 적의를
놈에게 덮어씌우려는 나도 한사코 도망치려는 놈도 필사
적이다

식탁에서 떨어지는 부스러기라도 먹게 해 주세요
아프리카 아이들의 새까만 호소,
생명을 살리라는 안성기의 미소를 어쩐다?

바퀴벌레도 생명인데 먹여 살려야 할까?

소인국

풀밭 벤치에서 몽롱 구름에 취해 잠깐 쉬다가 새까맣고 허리 잘록한 놈들에게 포위당한다 신발을 오르내리며 냄새나는 이 물건은 뭔지 탐색하는 것 같기도 하고 거대한 살덩이를 어떻게 운반할지 의논하는 것 같기도 하고 살아 있는 큰 동물은 안 된다 말리는 것 같기도 하고 용기 있는 한 놈이 다리 기둥을 타오르며 먹을 수 있나 없나 시험 삼아 물어뜯다 낙상하자 한 놈이 병원엔지 어딘지 낑낑대며 물고 가고 영락없는 걸리버 처지다 까맣고 작은 종족이 떼로 몰려와 밧줄로 묶어 기중기에 싣고 가면 어쩌나 상상하다가, 죽은 지렁이 한 마리 보이지 않는 한낮에 평생 바닥이 일터고 학교고 관공서고 병원인 나라에서 바닥만 기다 가는 작은 종족들의 노역이 안쓰럽기도 하고 그들에겐 일생에 한 번 올까 말까 한 일확천금의 기회인데 개미 생활에서 겨우 놓여난 내 전생이 생각나 남아도는 살점이라도 좀 떼어 주고 싶었다

그리운 것은 멀리 있다

해 질 녘 느티나무에 기대어
동구 밖을 오래 바라본 사람은 안다
오지 않는 것은 먼 곳에 있다는 걸
붉은 노을 저편이거나 높은 설산 어디쯤에나 살면서
먼 우렛소리로 다가오거나
첫눈 오는 날 발자국으로 찍혀 오거나
연분홍 살구꽃 지고 여린 속잎 필 때 한 번씩 살짝 다녀가
는 것들

오래 그리면 병이 된다고 믿는 한 남자는
티베트 설산까지 찾아가 묻어 둔 이름을 부르다 돌아온다

손만 잡고 손만 잡다 끝낸 첫사랑
덧니가 귀엽던 그 애의 꽃무늬 포플린 치마
구겨 던진 오자투성이 연애편지

이를 악물고 오르던 비탈길, 막막하던 시간들의 존재

다 아득한 곳에 거처가 있다

백치

플로라
너는 전생에서 이생으로 날아온 흰나비 떼

봄 풍경화 속 여백이며
곧 연두색 물감이 덧칠해질 몸

신의 손이
희게 칠하면 희게 웃으며
백치미로 사람 마음을 훔치고 있어

내 뜻도 아닌데 캔버스 한가운데로 툭 떨어져
붓질 당한 나도

누가 흔들거나 말거나
누구 맘이 흔들리거나 말거나

산목련 아래 희게 서 있다

그날

먼 뒷날

너와 내가 푸른 언덕을 새처럼 날아갈 때

뼈는 흙 속에 눕혀 두고 뇌수와 심장은 물에 섞여 흐를 때

뛰던 심장 소리 우르르 쿵쾅 폭포 소리에 묻힐 때

없는 귀로 그 소리 듣기나 할까 없는 눈으로 그 광경 보기
나 할까

없는 나는 너를, 없는 너는 나를

알아보기나 할까

무심함으로써 심오해지는 역설의 시학

김남호(문학평론가)

1

김효숙 시인의 『나의 델포이』는 '죽음'에 대해서 집착하고 천착하는 시집이다. "삶과 죽음은 늘 이웃하고 살지만 찰나에 선을 긋는다"(「유언도 없이」)는 인식이 시집의 전편에 걸쳐 진하게 깔려 있다. 시집에 수록된 총 70편의 시 중에서 죽음이나 소멸을 연상하게 하는 시가 20여 편, 직접 죽음을 언급하는 시가 10여 편, 죽음에 대해 깊게 사유한 시가 5편 내외이다. 그리고 나머지 시들도 생명력이나 생동감과는 거리가 있다.

대체로 시에서 '죽음'이란 낱말이 빈번하게 등장할 때는 시인이 치열할 때이다. 시라는 형식에 대해서, 시에 임하는 자신의 태도에 대해서, 시를 통한 존재론적 물음에 대해서 가열한 의식을 가지고 회의하기 때문이다. 이런 시(인)들은 겉으로는 '죽음'에 집착하는 것처럼 보이지만 사실은 '죽음'을 통해서 '삶'을 통찰하고 사유하려는 의지가 더 강할 때가 많다. 김효숙 시인의 이번 시집도 이런 일반적인 경향에서 크게 예외는 아니다.

그런데 특이한 것은 죽음이나 늙음, 병마로 인한 고통 등 시의 분위기를 어둡게 만드는 직접적인 원인들은 뒤로 슬며시 감추고, 그것들로 인해서 바뀐 어떤 결과를 넌지시 내보이는 제스처 때문에 시가 약간 낯설게 보인다는 점이다. 마치 딴전을 피우는 듯한 이 제스처는 은유나 환유 같은 수사법이 그 역할을 수행하는 게 일반적이지만, 시인 특유의 화법이나 독특한 시각이 은연중에 그런 역할을 수행할 때가 있다. 이럴 때의 제스처는 차라리 태도에 가깝다.

몸이 가벼워지고부터, 바닥을 살피며 걷게 되었다
바닥에 사는 것들을 의식하며 걷게 되었다

누가 꽃댕강나무 꽃 모가지 꺾는 걸 봐도
아무렇지도 않게 되었다

붉은 것들은
모두
제가 감당해야 할 몫이 있지

마음 언저리 맴돌던 생각을 내려놓은 후

젊어서 지는 동백을
안타까워하지 않게 되었다

쉽게 사라지는 노을을 탓하지 않게 되었다

노을의 집 너머, 그 너머를
마음에
두게 되었다

—「몸이 가벼워져서」 전문

　유명세를 치르듯이 젊고 예쁘고 아름다운 것들은 스스로
"감당해야 할 몫이 있"다는 게 얼핏 보면 이 시의 주제인 것
처럼 보인다. "마음 언저리 맴돌던 생각을 내려놓은 후"부터
는 "젊어서 지는 동백을" 보고도 안타까워하지 않게 되었고,
"쉽게 사라지는 노을을" 아쉬워하지 않게 되었고, "노을의 집
너머, 그 너머"의 어둠을 "마음에/ 두게 되었다"고 했다. 현
상보다는 본질적 가치에 더 관심을 갖게 되었다는 뜻으로 이
해되기도 하고, 그만큼 시인의 인식이나 사유가 깊어졌다는
뜻으로 보이기도 한다.
　그런데 우리가 주목해서 봐야 하는 부분은 시가 시작되는
서두이다. 시인은 인식적 가치의 심화가 아니라 이렇게 인식
하게 된 연유에 대해 말하고 싶어 하는 것 같기 때문이다. 만
약 인식이나 사유를 통한 통찰을 말하고 싶었다면 사족으로
보일 수 있는 1, 2연을 생략하고 3연에서 바로 시작했을 것이

다. 그러면 시가 훨씬 선명하고 단정해졌겠지만 시인이 의도한 건 그게 아니었던 것 같다.

"몸이 가벼워지고부터, 바닥을 살피며 걷게 되었다"고 했다. 이게 무슨 뜻일까? 다이어트를 해서 몸이 가벼워졌다는 걸까? 그다음 행에서 "바닥에 사는 것들을 의식하며 걷게 되었다"고 했다. 평소 무심했던 것들에 관심을 갖게 되고, 그것들을 의식하게 됐다는 건 시인에게 어떤 문제가 발생했다고 볼 수 있다. 그 문제의 결과로 '몸이 가벼워졌다'는 건 '몸이 쇠약해졌다'고 해석하는 게 자연스러울 것이다.

어떤 이유로 건강이 안 좋아서 몸이 쇠약해졌고, 그때부터 걸을 때에도 바닥에 집중하게 되었고, 그러다 보니 바닥에 사는 것들을 의식하게 됐다고 볼 수 있다. 그런데 그 의식의 결과가 예민해졌다는 게 아니라 심오해졌다는 게 중요하다. 예전에는 "꽃댕강나무 꽃 모가지 꺾는 걸" 보면 화가 났는데 이젠 "아무렇지도 않게 되었다"는 것이다. "마음 언저리 맴돌던 생각을 내려놓은 후"란 바로 현상보다는 본질을, 당면보다는 궁극을 생각하게 됐다는 뜻일 테다. 그 결과 붉은 것들은 저마다 감당할 몫이 있다는 보편적 깨달음에 이른 것이리라. 그래서 시의 제목이 '붉은 것들'이나 '노을의 집'이 아니라 '몸이 가벼워져서'인 것이다.

이 시에서 단적으로 보여 주듯이 김효숙 시인은 섣부른 통찰로 보편적 진리를 서둘러 보여 주기보다는, 자신의 아픔에 주의하면서 그것들이 바꾸어 놓은 사소한 변화에 집중한다. 그의 시가 죽음이나 소멸을 노래하는 것처럼 보이지만 실은

삶에 더 천착한다고 판단하는 근거는 시의 정면에서 5도 정
도 비켜서는 시인의 이런 태도 때문이다.

2

죽음에 대해 종교나 철학, 인문학 등이 그동안 축적해 온
사유나 연구는 풍성하고도 유현하다. 죽음을 삶의 끝으로 보
는 입장부터 삶의 완성으로, 혹은 삶의 연장으로 보는 입장
까지 다양하다. 심지어는 죽기 위해서 사는 것처럼 보일 만
큼 죽음에 더 큰 비중을 두고 천착하는 시각도 있다. 죽음을
극복하지 못하면 삶을 제대로 살 수가 없다고 보는 그들의 논
리나 사상도 충분히 존중할 만하다. 김효숙 시인도 일상의 도
처에서 죽음을 만나거나 기다린다.

메타세쿼이아는 하늘바라기
키가 크다 하늘바라기 새잎이 나기도 전에 허리께가 잘려
져 버렸다
폐허에 줄지어 선 신전 기둥 꼴이다
나무 따라 언덕을 오르니 작은 운동장이 나온다
인적 끊긴 지 오랜 듯 농구 골대 아래엔 풀들이 무성하고
간간 새소리만 들린다
힘든 시절이 끝나긴 할 건가?
나는 속엣말을 꺼내 땅바닥에다 끄적인다

나무 기둥에다 돌멩이로 '너 자신을 알라'고 써 본다
운동장은 신전이 될 수 없고
신전에 신이 살지 않는 건 익히 알고 있다

운동장을 한 바퀴 돌고는
벤치에 앉아
이제 기다려야 할 것은 오직 죽음이라고 되뇌어 본다

엊그제 들른 성당에서도
하느님은 몇 개월째 출타 중이셨다

—「나의 델포이」 전문

지금 시인은 메타세쿼이아가 "폐허에 줄지어 선 신전 기둥"처럼 "허리께가 잘"린 채 서 있는 학교 진입로를 오른다. 방학 중인지 코로나로 인한 휴교 중인지 "인적 끊긴 지 오랜 듯 농구 골대 아래엔 풀들이 무성하고/ 간간 새소리만 들"리는 곳이다. "힘든 시절이 끝나긴 할 건가?" 이 혼잣말은 학교가 텅 빈 이유를 말하는 것 같기도 하고, 어렵게 하루하루를 견디는 나를 위로하는 말 같기도 하다. 시인은 "나무 기둥에다 돌멩이로 '너 자신을 알라'고 써 본다". 알다시피 "너 자신을 알라"는 이 유명한 말은 소크라테스가 남긴 경구로 더 많이 알려져 있지만 사실은 델포이에 있는 아폴론 신전에 적힌 말이다.

하지만 "운동장은 신전이 될 수 없고", 신전이 될 수 있다고 한들 "신전에 신이 살지 않는 건 익히 알고 있"는 이 시대의 상식이다. 학교에는 학생이 없어서 풀들이 무성하고, 잘린 나무가 아폴론 신전의 기둥처럼 장엄하지만 학교가 신전이 될 수는 없고, 신전이라고 해도 이미 신이 사라지고 없는 불모의 시대에 시인은 "이제 기다려야 할 것은 오직 죽음"뿐이라고 되뇐다. 우리가 죽음을 극복하고 견딜 수 있는 힘은 죽음의 바깥에 있는 영생을 사유하기 때문이고, 그것은 신이 있어야 가능한 일일 터. 신이 없으면 영생을 생각할 수 없으니 기다릴 건 죽음밖에 더 있을까. 심지어 성당에 들러도 "하느님은 몇 개월째 출타 중"이시니 어디에서 누구로부터 어떻게 구원을 받으랴? 이 시는 마치 '신이 부재한 시대에 시인의 몫은 무엇인가'를 고민했던 횔덜린을 떠올리게 한다.

이 시도 앞의 시와 맥을 같이한다. 폐허의 신전 같은 학교를 배경으로 '신이 부재한 시대'의 불안과 우울이 느껴지는 게 아니라 오히려 죽음을 기다리는 자의 담담함이 느껴진다. 신에게 기대지 않고 스스로의 의지로 죽음의 두려움을 견디려 하는 시인의 결기를 말에 힘을 뺀 채 슬며시 지나가는 투로 풀어내는 방식이 예사롭지 않다.

3

이처럼 그의 시는 통찰과 직관에서 건져 올린 경구로 번뜩일 때도 있지만, 그 광채를 지우기 위해 허둥댈 때도 있다.

습작에 몰두하는 예비 시인들에게 선배 시인들이 농반진반 알려 주는 시작의 노하우 중에 '도통하지 말자!'는 말이 있다. 마치 도통한 듯이 시에 경구나 통찰을 남발하면 시적 감동이 휘발하게 된다는 뜻이다. 그렇다고 너무 징징거리거나 엄살을 부려도 독자들이 질리게 된다. '독자'라는 관념적 대상을 만족시키려고 애쓰는 일은 보이지 않는 깨달음을 얻기 위해 수행하는 일만큼이나 인내가 필요하다. 마치 개울의 몽돌처럼 "물 싸대기 맞아 가며"(「둥근 돌」) 스스로를 깎는 일이 시 쓰기의 처음이자 끝이 아닐까.

돌이나 사람이나
오래 구르다 보면 모서리가 닳아 쥐기 편해진다

내 어릴 적 개울가에서 소꿉 살 때
쥐기 편한 돌로 풀을 찧다 깨진 돌에 다쳐 피 흘린 적 있다
물 싸대기 맞아 가며 개울을 굴러다니던 돌이었다
관골만 남은 돌이었다
얼른 쑥 뜯어 손을 싸맸지만
깨진 돌 속엔 모서리가 숨어 있었고
칼날처럼 삐죽했었다

구르고 굴러서 둥글어진 것들은
깎인 모서리를 제 속에다 쟁인다는 것을 그때 알았다

모 없는 사람이 한 번씩 폭발하면

　　속엣것을

　　화산처럼 뿜어내기도 한다

―「둥근 돌」 전문

　이 시는 과거와 현재를 조이고 풀면서 시를 불러오고 단단한 통찰을 이끌어 내고 다시 그것을 휘저어서 흐리게 만드는 일련의 과정을 잘 살펴볼 필요가 있는 작품이다. 1연의 출발은 군더더기 없이 깔끔하다. "오래 구르다 보면 모서리가 닳아 쥐기 편해진다"고 해 놓고 주어의 자리에 원관념과 보조관념을 같이 제시한다. "돌이나 사람이나". 돌에 대해서 말하지만 결국 사람 이야기라는 걸 선언해 놓고 시작하려는 의도이다.

　이 시는 "어릴 적 개울가에서 소꿉 살 때/ 쥐기 편한 돌로 풀을 찧다 깨진 돌에 다쳐 피 흘린 적 있다"는 경험에 기대어 이야기한다. 경험이란 단순히 겪었다는 과거의 사실만을 말하는 게 아니다. 내가 겪어 봤기 때문에 진실이라는 혹은 진리라는 절대성을 부여하게 된다. 시인이 어린 시절 겪은 이 경험에서 '둥근 것 속에는 모서리가 숨어 있다'는 경구에 가까운 통찰을 얻는다.

　'둥글다'는 현재의 모습은 이전의 무수한 '모서리'가 지워진 결과이고, 이 결과는 "물 싸대기 맞아 가며 개울을 굴러다니"면서 가까스로 체득한 진리라는 것. 따라서 이 명제에 대한 진릿값에는 이견이 있을 수 없으며, 모두가 동의하고 수긍하는 일밖에 다른 선택지는 없다. 통찰이 경구로 번뜩이는 시는 머릿속이 환해지는 상쾌함은 있지만 독자에게 폭력적이기 십상이다. 그래서 가르치려 드는 듯한 강압적인 뉘앙스를 희석시키기 위해 시인은 말을 돌리고 더듬거리는 것이다. "구르고 굴러서 둥글어진 것들은/ 깎인 모서리를 제 속에다 쟁인다"고 선언하면 끝인데도 단정斷定하는 듯한 인상을 지우기 위해 "(이 사실을 나는) 그때 알았다"고 사족을 덧붙이며 말끝을 흐린다. 이것으로도 미진했던지 "모 없는 사람이 한 번씩 폭발하면/ 속엣것을/ 화산처럼 뿜어내기도 한다"며 초점을 더욱 흐려 놓는다.

이렇게 해석하는 이유는 '둥근 것 속에는 모서리가 숨겨져 있다'는 촌철의 아포리즘이 고작 '순한 사람이 화나면 무섭다'는 속설이나 뒷받침하기에는 너무 웅숭깊기 때문이다. 결국 독자에게 스며드는 시의 언어가 되기 위해서는 도통한 소리를 피해야 하는 것이고, 그렇게 비칠까 봐 노심초사해야 하는 것이다. 이렇게 날카로움을 숨긴 채 시의 정면과 맞닥뜨리지 않으려고 전전긍긍하는 게 바로 김효숙의 시이고, 그의 시가 독자에게 다가가는 방식이다. 이런 그의 시작 스타일에 굳이 이름 붙이자면 '무심하게 말하기'라고나 할까.

4

'무심하다'는 건 아무런 생각(또는 감정)이 없거나 전혀 관심이 없다는 뜻이다. 그런데 시에서 무심한 표정이 읽힌다면 그건 역설적으로 읽어야 할 때가 많다. 정말 무심한 것이 아니라 무심함을 가장해서 말하거나 최소한 무심한 듯 말해야 효과적인 '무엇'이 숨겨져 있다고 봐야 한다. 유독 시에서 포커페이스 같은 무심한 페르소나가 필요한 이유는, 시란 대상을 직설적으로 말하기보다 에둘러서 말하고, 말하는 것 너머를 말해야 하는 장르이기 때문이다. 김효숙의 시도 무심함이 살아 있을 때 더욱 시가 깊어지고 풍부해진다.

밤새 똑같은 박자로
툭툭
창을 때리고

주룩주룩 끊임없이 울고

저 창문 저 아파트 벽 울음으로 젖고

봐라, 아무 일 없었지?
희멀건 표정의 아침이 오고 눈부신 해가 뜨고

아무 일 없다는 듯 시장 가고 밥하고
눈 감고 입 닫고
세월처럼 말아먹기 쉬운 게 어디 있다고

사람은 비가 아니고

비 또한 사람이 아니고

　　　　　　　　—「사람은 비가 아니고」 전문

　이 시의 일차적 의미는 '밤새 비가 왔다'는 거다. "밤새 똑같은 박자로/ 툭툭/ 창을 때리"며 비가 왔다는 거고, "봐라, 아무 일 없었지?" 하며 "희멀건 표정"으로 아침이 왔다는 거고, "아무 일 없다는 듯 시장 가고 밥"했다는 거다. 대통령이 바뀌든 말든, 지구의 어느 구석에서 전쟁이 일어나든 말든 "눈 감고 입 닫고" 오불관언의 태도로 "봐라, 아무 일 없었지?" 하고 살면 "세월처럼 말아먹기 쉬운 게 어디 있"냐고 한다. 어차피 "사람은 비가 아니고/ 비 또한 사람이 아"닌데 비 때문에 애면글면할 게 뭐가 있냐고 한다. 아무런 감정도 관심도 없어 보인다. 하지만 이 시에서 말하고 싶은 게 정말 이게 다일까? 뭔가 이상하지 않은가?

　"봐라, 아무 일 없었지?" 하는 희멀건 표정도 그렇고, "눈 감고 입 닫고/ 세월처럼 말아먹기 쉬운 게 어디 있다고" 하며 어물쩍 넘어가는 저 어투도 그렇고, 결정적으로 '사람이 비냐'고 '비가 사람이냐'고 눙치는 저 태도도 그렇고. 시인은 무심한 듯이 말하는데 독자는 결코 무심할 수 없는 이 불편한 것의 정체는 뭘까? 혹시 비를 다른 '무엇'으로 바꿔서 읽어야 하는 게 아닐까? 밤새 내 창문을 때리고, 끊임없이 울고, 아파트 벽을 온통 눈물로 젖게 하는 저걸 비가 아니라 '근심'으로 고쳐 읽으면 어떨까?

하루 24시간 근심에 짓눌려 살 수만은 없을 테니 아침을 맞고 시장 가고 밥하고, 까맣게 타는 속은 무심한 척 덮어 놓고 눈 감고 입 닫은 채 '세월이나 말아먹자'고 어깃장을 놓아 보는가? 내 힘으로 어찌 할 수 없는 비처럼 내 근심이 속수무책이라면, '사람은 비가 아닌데 비 또한 사람이 아닌데 나더러 어쩌라고' 하며 체념하지 않을까? 밤새 내린 게 비가 아니라 '근심'이라면 말이다.

무심함 뒤에 가려진 것들은 대개 고통스럽거나 절박한 것들이기 십상이다. 드러냄으로써 더 효과적이라면 감출 이유가 없을 것이고, 폭로함으로써 자기 치유가 가능한 일이라면 무심을 가장할 까닭이 없을 것이기 때문이다. 건조한 말투로 머뭇거리고 주저하고 망설이는 태도에서 독자는 시인이 보여 주는 것보다 더 많은 것을 보고 느끼게 된다. 그래서 웅변보다는 침묵이, 달변보다는 눌변이 더 효과적이다. 이 효과는 시적 전략에서 온다기보다 상황의 절박함에서 온다고 봐야 한다. 김효숙의 시가 '무심'하게 말함으로써 일정 부분 효과를 거둔다면 그건 시의 행간에 깔려 있는 절박함이나 절실함 때문일 것이다.

돌려서 말할 것 없이 단도직입하자면, 시에서 오는 감동은 정확히 말하면 시인의 고통에서 온다. 나의 고통 없이 어찌 남의 마음을 흔들겠는가. 청나라 시인 조익趙翼은 국가가 불행할 때 시인은 행복하다고 '국가불행시인행國家不幸詩人幸'이라고 했지만, 같은 논리로 '시인불행독자행詩人不幸讀者幸'이라고 고쳐서 말해도 유효할 터. 무릇 무심함으로써 심오해지는 이 역설의 시학이 김효숙 시의 한 특징이다.

5

죽음을 통해 삶을 보려 하고, 빤한 깨달음을 피하기 위해
전전긍긍하며, 무심함을 가장한 언어로 진정성을 불러오는
김효숙의 시는 독자로부터 공감과 감동을 이끌어 내는 데 일
정 부분 성공을 거두었다고 본다. 물론 이런 시도들이 다 성
공하는 것도 아니고, 어눌하고 주저하는 어법이 자칫하면 시
적 미숙함으로 보일 위험도 없지 않다. 그리고 무엇보다 '죽
음'의 과용이나 남용이 불러올 역효과도 마땅히 경계하고 주
의해야 할 것이다. 그러나 다행히도 김효숙의 시는 이런 염
려를 하지 않아도 좋을 만큼 이번 시집을 통해서 시적 사유의
그윽함과 시적 언어의 단단함을 여실히 보여 주었다.

    먼 뒷날

    너와 내가 푸른 언덕을 새처럼 날아갈 때

    뼈는 흙 속에 눕혀 두고 뇌수와 심장은 물에 섞여 흐를 때

    뛰던 심장 소리 우르르 쿵쾅 폭포 소리에 묻힐 때

없는 귀로 그 소리 듣기나 할까 없는 눈으로 그 광경 보기
나 할까

없는 나는 너를, 없는 너는 나를

알아보기나 할까

—「그날」 전문

'그날'은 죽은 후의 "먼 뒷날"이다. 여기서 '너'와 '나'는 오
래전에 죽은 연인 혹은 부부라고 보면 좋겠다. 우리는 "푸른
언덕을 새처럼 날아"다니는 영혼만 존재할 뿐 이미 "뼈는 흙
속에 눕혀 두고 뇌수와 심장은 물에 섞여 흐"르는 사라진 육
신이다. 서로의 심장 소리를 듣던 귀와 서로를 황홀하게 바
라보던 눈은 이미 사라지고 없는데, "없는 나는 너를, 없는
너는 나를" 어떻게 "알아보기나 할까".

이 시는 묻는다. 언젠가는 나도 죽고 너도 죽을 텐데, 이
미 육신은 형해만 남고 영혼은 중음을 떠돌 텐데, 우리를 현
혹하던 육근六根은 육신과 더불어 사라지고 모든 게 공空할 텐
데, 그때(그날)에 우리는 어떻게 서로를 알아볼까? 우리는 서
로에게 어떤 존재일까? 나는 너에게 너는 나에게 어떤 의미
일까? 지금 우리가 여기에서 사랑하고 미워하고 그리워하고
괴로워하는 생의 모든 불꽃들이 '그날' 어떤 의미를 지닐까?

이렇듯 죽음으로써 삶의 의미를 사유하는 것이 김효숙의
시이고, '그날'의 의미를 끝없이 되묻고 고쳐 묻는 것이 이 시

집이다. 그래서 이 시집에서는 화자話者와 시인詩人이 둘이 아
니고, 질문과 대답이 둘이 아니고, 삶과 죽음이 둘이 아니다.
하여 이 '불이不二'의 시집은 독자에게 요구한다. 없는 귀로 듣
고 없는 눈으로 보라고.

천년의시인선